左原 著

诗词
初见

SHICI
CHUJIAN

哈尔滨出版社
HARBIN PUBLISHING HOUSE

图书在版编目（CIP）数据

诗词初见 / 左原著 . — 哈尔滨：哈尔滨出版社，
2023.6
ISBN 978-7-5484-7282-7

Ⅰ．①诗… Ⅱ．①左… Ⅲ．①随笔－作品集－中国－
当代 Ⅳ．① I267.1

中国国家版本馆 CIP 数据核字（2023）第 100356 号

书　　名：**诗词初见**
SHICI CHUJIAN

作　　者：左　原　著
责任编辑：韩伟锋
封面设计：树上微出版

出版发行：哈尔滨出版社（Harbin Publishing House）
社　　址：哈尔滨市香坊区泰山路 82-9 号　　邮编：150090
经　　销：全国新华书店
印　　刷：武汉市籍缘印刷厂
网　　址：www.hrbcbs.com
E-m a i l：hrbcbs@yeah.net
编辑版权热线：（0451）87900271　87900272

开　　本：880mm×1230mm　　1/32　　印张：3.5　　字数：59 千字
版　　次：2023 年 6 月第 1 版
印　　次：2023 年 6 月第 1 次印刷
书　　号：ISBN 978-7-5484-7282-7
定　　价：48.00 元

目录

边 疆

少年男儿郎，离家在远行。
身躯挡敌寇，都是正年轻。
谁无父母恩？扛枪入军营。
用最真的心，换天下太平。

诗情闲谈：

他：你当过兵吗？

我：没有。

他：那你是怎么知道边疆战士的情况的？

我：不是吧，你是原始人吗？

他：为什么这么说？

我：你平时怎么看新闻的？

他：问这干吗？

我：你先说说你怎么看新闻的？

他：手机上看啊！

我：所以啊，你应该知道我是怎么知道边疆战士们的情况的了。

他：怎么知道的？

我：……手机啊。

他：哦，哦，哦，懂了。

我：这首诗的灵感也是来源于这次事件。

他：所以你这首诗写得还可以。

我：还可以是什么意思？

他：就是比我写得好。

我：那可以的人太多了。

他：你什么意思？

我：没意思。

知 秋

长河远去接天流，
风起黄沙入林休。
站在山口看浪走，
只知秋来不见秋。

☕ 诗情闲谈：

他：你到底是知秋还是不知秋？

我：为什么这么问？

他：只知秋来不见秋。

我：对啊，不是说了吗，知秋来。

他：哦，是哦。

我：你能不能看完再说，你只看了个不见秋。

他：不好意思，我就是肤浅。

我：你还知道你肤浅。

他：是啊，所以你给我讲解一下你的诗。

我：算了吧，用中国话解释中国诗，很诡异。

他：不想给我讲就算了。

我：那倒不是，我只闲谈，不翻译，不讲解。

他：为什么？

我：认识中国字的人都能看懂中国诗，品到诗的味道，对味儿即可，何必抠字眼儿的意思。

他：我品不到。

我：品不到，就是你太浮躁，书读百遍，其义自见。

他：我好像是浮躁了，最近是有点儿上火。

我：怎么了？

他：秋天了。

闲情诗

古今闲人望天空，
多少秋月夜来风。
提笔不尽凡尘事，
身随烟波广厦中。

诗情闲谈：

我：能一直游山玩水也挺好的。

他：大白天的别做梦。

我：不好意思，现在是晚上。

他：哦，那可以梦一下。

我：现实做不到的事，还不准人畅想一下了？

他：畅想可以，别胡思乱想。

我：你今年贵庚啊？这么爱说教。

他：和你同岁啊。

　　我：胡思乱想才是进步的源动力。你想都想不出来，你怎么造出来？

　　他：什么意思？

　　我：以前想不到千里传音，哪有现在的手机？

　　他：想不到就做不出来吗？

　　我：你不是吧，这个问题都想不明白？

　　他：我知道我笨，想不了那么多，还是好好工作，赚钱娶媳妇吧。

　　我：不，你不笨，工作赚钱娶媳妇挺幸福的。

　　他：幸福啥呀，一天苦哈哈的。

　　我：钱赚到了，媳妇娶到了，还不幸福？

　　他：过日子而已。你也在工作赚钱，怎么不娶个媳妇？

　　我：哪有女孩喜欢我？我还是天空秋月、凡尘山野吧。

　　他：听不懂，工作不娶媳妇，幸福少一半。

　　我：哈哈哈。对，高论。

向他乡

我没去过的地方，
都是远方的他乡。
因为从没有去过，
有种莫名的向往。

☕ **诗情闲谈：**

他：你这写的什么玩意儿，狗屁不通。

我：我只是试试白话文写格律诗而已。

他：看不懂，什么东西？

我：白话文只能写白话诗吗？文言文只能写文言诗吗？

他：不该这样吗？

我：不管文言还是白话，都应该去其糟粕，取其精华而用之。

他：你怎么知道，你取的是精华，不是糟粕呢？

我：实践是检验真理的唯一标准。

他：实践的结果呢？

我：还不知道。

他：是不是找个专家来评论一下？

我：算了吧，中国有几个人没被汉乐府、唐诗、宋词、元曲和现代诗歌熏陶过？所以，读者评论才是真的。

他：诗这么高级，他们又有几个人懂得？

我：高级吗？就算不懂的诗，也分得清美和丑、好和坏吧。

他：那分不清好和坏的呢？

我：好和坏都不分的人，还理他干吗？而且诗高不高级不敢说，从诗这个字来看，"言"加个"寺"，被寺庙供起来的语言，至少有它的地位。

他：你这么一分析也对，诗也是经过了千年的锤炼的。你要认真对待，别乱来。

我：怎么说呢？尝试新东西应该不算乱来吧。

他：好好劝你你不听，你写写看吧。

我：如果你只喜欢老掉牙的东西，我不勉强，合不合胃口都欣然接受吧。

他：也许存在有它的道理。但你要面对的是不接受的那些人。

我：好的。

廊桥轻雨

风轻雨不急，
又闻杨柳笛。
渭水廊桥上，
静看起涟漪。

诗情闲谈：

他：你好颓废。

我：我手里没有烟味。

他：你不抽烟？

我：不抽。

他：挺好的，好习惯。

我：从小养成的。

他：你不觉得抽烟很酷吗？

我：还好。你很关心我抽不抽烟？

他：那倒不是，我看你一个人淋着雨去廊桥游玩，受什么刺激了？

我：雨中散步，你不觉得很有诗情吗？

他：哦，你是去找写诗的灵感了。

我：不是。

他：那你是？

我：受刺激了。

他：……我看也是。

我：你怎么看出来的？

他：你都语无伦次了。

我：你想多了，我说得很有逻辑啊。

他：没听出来，你还是先清醒一下吧。

我：晚安。

秋风望夕阳

四面秋风叶落空，
飞天黄沙望苍穹。
前方一片红霞起，
已是独立天地中。

☕ 诗情闲谈：

他：落日余晖伴秋风，诗情画意很浓啊。

我：自古秋季都是人最精神的季节。

他：好多事儿都是发生在秋季。

我：你的意思是秋天是事多的季节？

他：你也变坏了，曲解我的意思。

我：哈哈哈，秋天人神清气爽，思维也很清晰，所以做事都很顺利。

他：对，我就是这个意思。

我：那你秋天最想做什么事儿？

他：草原遛马，田间写生，游山玩水。

我：看看云，看看天，走过一村又一县。

他：是这意思。

我：你也是有点儿艺术细胞的。

他：那是。

我：走。

他：干吗？

我：看看云、看看天去。

他：我还有事，叫你对象陪你去吧。

我：……

他：哦，对，你没对象。

我：又提这茬？算了，我自己去。

隔海望香港

南海波浪起，雨落人不归。
隔水望香港，迎面大风吹。
本是繁华地，处处雨纷飞。
秋风未曾渡，望断乱石堆。

诗情闲谈：

我：真气人。

他：怎么了？早饭被抢了？

我：没心情吃早饭。

他：那是怎么了？

我：刚到深圳，准备第二天去香港逛一逛的。

他：那不挺好的，香港挺美的。

我：美是挺美的，怕是暂时无缘了。

他：怎么了？

我：有点儿突发状况，去不了了。

他：你当时到深圳了？

我：对啊，就在深圳望着海那边的香港。

他：那挺可惜的，近在咫尺。

我：是啊，这么近，又那么远。

他：不过，这次去不了，以后有时间再去吧。

我：那也只能这样了。

他：你去香港干吗？

我：逛一逛啊，难得来一次。

他：好吧，还以为你是去赚钱呢！

我：赚什么钱？我又不是商人。

他：难道你不喜欢钱？

我：肯定喜欢啊，但我不会做生意啊。

他：你既然喜欢钱，怎么没学着做点儿赚钱的生意。

我：我是喜欢钱，但我还没被钱迷乱了眼。

他：也对，钱不是万能的。

我：是。

风中人

狂风接天楼欲摇，
卷走屋檐百米高。
行人迟迟望归路，
立于路旁无依靠。

☕ **诗情闲谈：**

他：那么大的风你还在路上走？

我：不然呢？

他：回去吧。

我：可是，回去不也是需要在路上走吗？

他：也是，那这种天气你干吗要出去？

我：不得糊口吗？

他：你也为了"几两碎银"辛苦。

我：我是正儿八经的工人阶级后代，为了"几两碎银"不也很正常。

他：不对，我记得你是北方人吧，你们那儿有那么大的风吗？

我：当时我又没在家里那边，我在南方讨生活。

他：对，你刚说过，离家在外的，不容易啊。你后来呢？

我：后来，很迷茫，不知何去何从，不知以后会怎么样，不过我知道这就是人生。

他：我是想问你，后来被风吹走了吗？

我：肯定没有，我当时在公交车上。

他：你在那里待了多久？

我：你问的是哪里？

他：我想问你在南方待了多久？

我：一年左右。

他：混不下去了？

我：算是吧，这里风雨无常，不适合我。

他：你后悔去那里吗？

我：不后悔。

他：怎么？

我：不去的话我也不知道那里是什么样的，人生就是这样，去那没去过的地方，知那未知的事情，听那没听过的声音。

他：哈哈哈，这不是达摩祖师的话吗？

我：但人生也可以这样啊！

16

观山景

青山白雾曛，
秋风烈马群。
朦胧观山月，
星夜风里云。

☕ **诗情闲谈：**

他：你说的是哪座山？

我：关山。

他：关山那里还有个牧场，风景不错。

我：对，烤全羊也挺美味的。

他：是啊，再加上篝火晚会，很有感觉。

我：篝火晚会？算了，人家嫌柴火贵，没点火。

他：这就尴尬了。

我：隔壁老板大方，点火了，去蹭了一下。

他：这也可以？

我：可以。

他：你住的蒙古包吗？

我：没有，住不惯。

他：那可惜了，不体验一下民族风俗？

我：看一下就行了，毕竟又不是蒙古族。

他：那你骑马了吗？

我：那当然骑了，牧场骑马很有感觉。

他：你以前骑过？

我：没有。

他：那你会骑？

我：不会，看也看会了。

他：这也可以？

乡夜路

炊烟飞去处，笑声满门庭。
夕阳落山岗，陌路人在行。
世间多欢乐，月照故乡情。
夜幕星河淡，回家灯火明。

诗情闲谈：

我：你不用说了，我正往家走。

他：你都知道我要说啥？

我：不然呢。

他：厉害。

我：你来来回回就那两句，想猜不到都难。

他：那有啥办法，语言套路嘛，不然我说啥？

我：聊聊新风景。

他：那你看到什么风景了？

我：日落西山，农家炊烟。

他：有点儿阳春白雪和下里巴人的意思。

我：有点儿那意思，不过还是不同。

他：哪里不同？

我：日落西山，农家人肯定要回家做饭了。

他：对，好像是有点儿因果关系。

我：你也不傻嘛，能想到这一层。

他：怎么说话呢？

我：夸你聪明呢。

他：说不过你，一天天的。

我：胡闹。说不过就不说了？这就认输了？

他：认个铲铲，不理你了，回家了。

我：好走。

齐天大圣

世人皆知大圣威，
不解其中何滋味。
万里一骑腾云去，
紧箍禁咒重立规。

诗情闲谈：

他：猴哥很"飒"啊。

我：猴哥其实很励志的。

他：没错，东海龙王送给他了金箍棒，从此上闹天宫，下打阎罗。

我：我说的不是这个。

他：那你说的是什么？

我：一个石头缝里蹦出来的孤儿，带着干粮自己划船孤身一人漂洋过海去拜师学艺。

他：那他不是怕死吗？要去学长生不老的法术。

我：没错，可他到了海外，衣服没穿对被人嘲笑，不会用筷子受人白眼。如果你在这样的窘境你是什么心情？

他：那谁让他不会的呢？活该受人白眼、被人嘲笑。

我：这怕是不对吧，我经常干的事，别人从没干过所以不会，我就嘲笑别人，这样合适吗？

他：这不是人之常情吗？很多人总有莫名的优越感。

我：一句人之常情就可以放纵了？不该改吗？

他：很难改，江山易改，本性难移。

我：也是，随它去吧。

他：不然能怎么办？

我：不管，猴哥遇见这些人也只是云淡风轻地略过。

他：他的求学之路很艰辛啊。

我：是啊，就是他入了师门，师父七年都没教过他真功夫。有多少人能受得了这个？

他：他拜的是真正的神仙 —— 菩提祖师，我拜我也尊师重道。

我：你是知道菩提祖师厉害才拜。猴哥当时只是求学，只为长生不老。

他：有什么区别吗？

我：你的欲望太强，拜师也不收。

他：那猴哥不也有欲望吗？

我：不一样，你是知道了菩提祖师能教出齐天大圣，你才想拜他。猴哥只为求得长生不老的方法，如果遇见的不是菩提祖师他也会拜。遇见即是缘分。

他：不懂，太复杂。

我：看来你是个单细胞生物，稍微复杂一点儿，大脑就处理不了。

他：是你说得太复杂了。

我：好了，不和你说了。

周公瑾

官拜东吴大都督，拔剑踏入远方舟。
少年春风得意时，人生在世又何求？
江东子弟江水流，百万军临三江口。
谈笑之间引风火，赤壁一战千古留。

诗情闲谈：

我：少年得志，不仅获高官厚禄，能击败强敌，还抱得美人归。

他：一个不懂养生，被活活气死的家伙，有什么可羡慕的？

我：你不懂，他的人生履历很多人都羡慕。

他：我是不懂，我也不羡慕。

我：你就嘴上硬，真要摆在面前怕是你比谁都积极。

他：小瞧我？

我：那倒不是。

他：那你是？

我：毕竟不论是留在历史的名气，还是赤壁之战的才能，还是俘获美人的芳心，都是多少人可遇而不可求的。

他：你说的这些倒是真的，可他那无法容人的气量也是真的。

我：所以这点不能学他。

他：那肯定，我还不想英年早逝。

我：哈哈哈，所以咱们要海纳百川，有容乃大，壁立千仞，无欲则刚。

他：对。

我：如果赤壁之战换个人能打赢吗？

他：不一定。

我：怎么？

他：换个什么人？如果是能力在他之上的人呢？可能会赢得更漂亮。但换个资质平庸的肯定会败。

我：对。历史选择了他，但以几万人对阵八十万，怕是没点儿才能，没点儿胆量还真不行。

他：你说得没错，无能的人动不动就是人不够，其实不是人不够，是他不会用。

我：不管人多人少，关键看谁调用。

他：没错。

中秋望月

八月十五月正圆，
曾被呼作白玉盘。
自古青天有明月，
明月自古照江山。

诗情闲谈：

他：吃月饼了没？

我：还没。

他：有月饼的时候有白玉盘了吗？

我：也许有吧，月饼好像是那会儿开始有的。

他：好像是？你不确定？

我：不确定。没了解过。

他：那你怎么知道月饼是那会儿才开始有的？

我：猜的。

他：你可真能猜。

我：怎么？我猜对了？

他：对不对的重要吗？

我：重要。

他：有什么重要的？

我：最起码要有个结论吧。

他：我也不知道，怎么给你结论。

我：那咱们还聊什么？

他：聊你中秋节吃月饼啊，聊你见的白玉盘啊。

我：有月饼的时候有白玉盘了吗？

他：好像有吧……等等，怎么又聊回去了。

我：对啊，这是个死结，还是别聊了。

夜风游

月照千尺沟，
下有草滩头。
独身在沟涧，
骑车桥上游。

诗情闲谈：

他：在哪儿？

我：龙桥。

他：为什么叫龙桥？

我：因为传说曾经有条龙闯入这里，使桥下的清水河泛滥，这条龙被一个叫李靖的三原县后生拔剑斩了，后来这桥就叫了龙桥。

他：这桥后来有好好保护吗？

我：有啊。新建了一条现代的龙桥，缓解了老龙桥的压力。

他：你骑自行车从哪座桥走的？

我：现代的桥，而且我骑的是摩托车不是自行车。

他：哦。这桥有什么特色？

我：古代的桥好着呢，现代的桥坏了，不让汽车过了。

他：对古代的桥保护得好。

我：保护啥呀，古桥上面到处都是"某某到此一游"，或者其他涂鸦刻画。

他：那没人管吗？

我：不知道，很久没去了。

他：你走的那座现代桥怎么坏了？

我：可能是桥承重不行，过来过去的货车太重，压坏了。

他：一看你物理就没学好，这叫共振，使桥断裂。

我：共振的断裂，应该是这座桥塌了，而不是不能承重了。

他：也对。

春 草

荒山小草开，
正是春风来。
又见朝阳起，
处处露水白。

诗情闲谈：

我：此处也别有一番风味。

他：这是哪儿？

我：不知名的小山。

他：那么多名山大川你不去，跑到这个小山丘。

我：各有各的景，你不懂。

他：跑到小山丘看小草，我是不懂。

我：小山丘如何，小草又如何，都是人间景色。

他：离你最近的华山去过吗？

我：去过。

他：骊山呢？

我：去过。

他：秦岭主峰太白山呢？

我：去过。

他：哦，原来你是都去玩过，看着小山丘比较新鲜。

我：也不是新鲜，应该是此时的心情应了此时的景。

他：是这样啊。那你是什么心情应了景？

我：好心情。

他：废话，什么样的好心情？

我：都在诗里。

他：……

山间松

云雾忽现一棵松，
晚风散尽在山东。
远观他树飞黄叶，
独自常青大地中。

诗情闲谈：

　　他：在山东？你是说的哪座山的东面，还是山东省？

　　我：山东泰山。

　　他：哦，你爬泰山看日出去了？

　　我：泰山看日出，华山看日出，到处都是看日出，有意思吗？

　　他：那你干吗去了？

　　我：到泰山你不好好欣赏一下泰山，还干吗？

他：山上的路有什么不一样吗？

我：都是人修出来的，没什么不一样。

他：那有啥看的？

我：你去是看路的？

他：不是啊。去玩的。

我：山路上走走，看看岩石累积的形状、山体生长的植物、浑然天成的气势，心旷神怡。

他：说实话，我啥也看不出来，只是平时工作心烦意乱，爬爬山，看看景，让我觉得舒服。

我：看山景，能让你舒服，你就已经不俗了。有多少人路过这里，连看都不看。

他：都是忙忙碌碌的，谁有心情看呢。

我：也是，心有挂碍也无心山水。

他：好了，不说了，我该上班了。

我：好，下次聊。

闲夜游

人间到深秋，
望天夜转幽。
不知风易冷，
大步长街头。

☕ 诗情闲谈：

他：深秋的夜这么冷，你还逛去？

我：虽然夜风冷，但是也能让人神清气爽。

他：那你准备去哪逛？

我：外面走走，看看城市的灯火。

他：还以为你又要去深山老林呢。

我：大晚上的，我跑深山老林干吗去？

他：你不是喜欢亲近大自然吗？

我：没错，但我还没疯。深更半夜往那地方跑。

他：这不是显得你是个与众不同的诗人嘛。

我：算了吧，关于与众不同这事还是你自己实现吧。

他：怎么？你不去？

我：社会在发展，时代在进步，现代化的城市也有独特的好。

他：哪里好？机器轰鸣，水泥林。

我：那你喜欢原始社会？

他：也不是，只是喜欢亲近自然。

我：说真的，亲近自然没错，但也不能喜欢这个就排斥那个吧。

他：你这家伙，想脚踩两条船？

我：大哥，说什么呢？

他：不是吗？又想亲近自然，又要现代化。

我：可是现代化的东西，哪个不是从自然界取来或是衍生的呢？

他：……也是。

酒 话

人言借酒能消愁，
喝尽箱底心上秋。
前路几许云和月，
一片新城起高楼。

诗情闲谈：

他：你喝完酒开车吗？

我：这话说的，好像我不喝酒就开车一样。

他：你是酒仙，还是酒鬼？

我：都不是，我不怎么喝酒。

他：不是吧。你竟然不喝酒？

我：这有什么？这不很正常。

他：那你说说，你是怎么不喝酒还写出酒话的。

我：情绪上来了，喝两口。不过好几年了也就这两口。

　　他：现在谁还能让你破戒？

　　我：为什么非要喝酒呢？

　　他：就因为中国有千年的酒文化。

　　我：中国文化，博大精深，又不是只有酒文化。

　　他：那你给个不喝酒的理由。

　　我：因为我喝出事别人要承担法律责任，别人喝出事我也要承担法律责任。

　　他：你可真厉害，法律都搬出来了。

　　我：你不要误会，法律不是我搬出来的，它的条文就在那儿。

　　他：你这么任性？

　　我：不是我任性，是你太矫情。

　　他：算了，都是酒话。

　　我：哈哈哈。

叹赤壁

旌旗百万下江东，
瘟疫流传三军中。
拔剑出师还未战，
迎面烈火借大风。

诗情闲谈：

他：赤壁之战曹操舍长取短，不用北方兵将擅长的陆战延长江两岸进军，要和周瑜打水战。

我：你想得好简单，那样的话，战线拉长，粮草跟不上不说，时间也要更久。

他：那也总比打败仗好吧。

我：那你说怎么能打赢？

他：我说八十万打几万人，怎么都应该能打赢，兵分三路，北方兵马江南江北两路齐头并进，荆州军从水路与东吴对峙。

我：这样就能赢吗？我就问你江南江北的地形地貌你知道吗？适合大规模行军吗？最重要的是，时间你拖得起吗？

他：这些倒没考虑。

我：你以为打仗很简单？就是两军对战，别的都不用管了？

他：还要管什么？

我：冬天来了，大军衣服单薄无法过冬，要不要管？这边打得太久，后方马腾、韩遂偷袭怎么办？大军里面暴发瘟疫要不要管？

他：还有这些事？

我：那你以为呢？

他：我想得简单了，所以赤壁之战曹操速战速决才对。

我：我倒觉得赤壁之战不该发生。

他：为什么？

我：因为我觉得，曹操发现大军里有瘟疫爆发的时候就该撤军，重新整顿，毕竟瘟疫影响很大。

他：那会儿应该还是能打的吧。

我：还能打这种错觉要清楚地认识，穷寇莫追，而且自己内忧外患，别被一时的胜利冲昏头脑。

他：可是，不打怎么知道打不赢呢？

我：……这也是。

随缘聚

疾风骤雨在当时，
老友新朋行路急。
随缘双犬棚下聚，
迎得天水共沾衣。

☕ 诗情闲谈：

他：你们在干吗？

我：才来这里，和一个老朋友、一个新朋友聚
一聚。

他：你来这里做什么？

我：讨生活啊。

他：都是背井离乡的，不容易啊。

我：容不容易也就那样了。

他：你看开了？

我：是啊，怎么样都是一天。

他：那你没想过以后怎么办？

我：想那么多干吗？以后的事以后再说吧。

他：起风了，雨也来了。

我：先躲雨吧。

他：四面透风的车棚，能避雨吗？

我：至少能少淋点儿。

他：好在还有俩伴儿。

我：是啊，看那边几只流浪狗也来这避雨了。

他：雨还是能吹进来。

我：来就来呗，一点儿雨水而已。

他：这么说的话，那你为什么要躲雨呢？

我：不怕归不怕，该避免的还是要避免。

星夜作

狂风吹云中，
群星闪夜空。
万里灯火暗，
孤月望苍穹。

☕ 诗情闲谈：

我：山里的夜风还是有点儿凉的。

他：可是城里的夜风挺热的。

我：所以来山里避避暑。

他：你不在家好好吹着空调，乱跑什么？

我：现在用电那么紧张，减少点儿能源消耗。

他：你是信不过国家电网？

我：那倒不是，现在全球变暖你不觉得热吗？

他：热死了，这也不妨碍吹空调吧？

我：是不妨碍，但省点儿电就能省点儿发电的燃料，就能减少一点儿二氧化碳的排放，给全球变暖减减速。

他：全球变暖不是因为太阳耀斑的活跃吗？

我：太阳咱们现在还干预不了，只能先把地球上的问题先解决了。

他：也是，太阳耀斑那么活跃，你也挺活跃的。

我：那是，太阳耀斑再活跃也挡不住晚上其他的星星。

他：好久没见过满天密密麻麻的繁星了。

我：是啊，平时连头都懒得抬。

他：大家都是低头一族，谁有工夫抬头看星星。

我：他们不看，我看。不过就算他们抬头也看不到这么密密麻麻的星空。

他：没办法，也许是因为地上也亮了起来。

我：满天繁星下，吹着自然风，也是挺惬意的。

他：不早了，早点儿睡吧。

我：睡不着，不睡了。

他：晚安。

春雷惊梦

无尽春风引雷鸣，
惊扰梦中人初醒。
窗前未见霓虹静，
天上却是雨化晴。

诗情闲谈：

他：醒了？

我：是啊。

他：怎么不多睡会儿？

我：明知故问有意思吗？

他：春季也会有这样的雷雨天。

我：雷不停，雨也不停。

他：睡不着，就别睡了，雷雨景象不是随时能
见到的。

我：是啊，不过这城市的深夜的景象，在雷雨中也没停止。

他：街边路灯，高楼间的霓虹灯，都没有停下。现在都市都是这样的"不夜城"啊。

我：没错，出去走走？过过夜生活？

他：走。

我：拜拜。

他：你干吗？

我：继续睡觉。

他：你不是要过过夜生活吗？

我：这么大的雨，这么大的雷，你出去不被雷劈也被雨淋。凌晨两点了，睡觉不香吗？

他：那你说得那么起劲的。

我：我是想让你出去，我好睡觉。

他：说好的深夜景象，说好的夜生活呢？

我：梦中相见。

他：……再见。

我：走好不送。

他：你……

过先秦古道

西风烈马云飞天，
古道夕阳旧栏杆。
千里烟尘皆过客，
曾经此处有先贤。

☕ 诗情闲谈：

我：先贤们真会选地方，此处有崤函之固，谁想打进来都不是那么容易的。

他：曾经的敌人也没有进崤山函谷关吗？

我：他们连黄河都没过，崤山对面的中条山就是他们最后的战场，中条山战役之后他们在北方战场再不可能前进一步。

他：也许，他们根本过不来，毕竟一个弹丸大的国家能有多大国力。

我：说的是，就那么大一点儿，还跳得很。

他：不过，他们科技发达，弥补了国力不足啊。

我：是啊，不然他们也没有和咱们动手的勇气。

他：你是不是有点儿盲目自信了？

我：要说科技，咱们确实被耽误了。

他：被谁耽误了？

我：自己的思想。

他：你能知道大家的想法？

我：安于现状，不愿改变，但凡和自己固有思想差一点儿就傻眼。

他：什么造成的这种情况？

我：规矩。

他：无规矩不成方圆。

我：无规矩就像原始社会那样狂野，规矩太多又会束缚思想。

他：也是，不过扯远了。咱不是在说先秦古道？

我：那又如何？咱是闲谈，又不是解说。

他：也是。

静观雨

急风狂卷百鸟飞，
红日又催色渐黑。
坐看眼前新雨急，
再饮手中酒一杯。

诗情闲谈：

我：雨中饮酒很惬意啊。

他：你说谁？

我：我自己。

他：惬不惬意，你自己不知道？明天就回去了，还喝酒？

我：那又怎样？

他：你不怕赶不上火车？

我：我习惯提前两到四个小时往火车站走。

他：你去那么早干吗？

我：等火车啊。

他：那也太早了吧。

我：等火车的时候不好受，但错过了火车更不好受。我宁愿提早一会儿。

他：你以前误过点？

我：没有，只是见过那些赶火车没赶上的人，就差一分钟，火车还没走，但已经停止进站了。怎么都不让进，直到看着火车开走。

他：那这人最后怎么办了？

我：还能怎么办？发泄一下情绪，再重新买票呗。

他：好吧，只是很多人听说一下体会不到，没有真正的感觉一下。我有一次在北京提前四小时往火车西站走，到站取票，结果是在北京站上车。

我：知道早一点儿的好处了吧。

他：没错，我坐在出租车上往北京站赶，心里还在庆幸，还有两个小时，足够了。

我：所以，小酒一喝，误不了事。

他：我看看你喝的啥，你这是酒吗？

我：怎么不是？

他：这怎么能是酒呢？这是果啤。

我：果啤也含酒精，怎么不是酒了？

他：来，整点儿白的。

我：算了，不喝。

他：我请你。

我：看，天都快黑了，吃完回去睡吧。

他：你啊！

清秋意

微风千里锁清秋，
飞叶已随水去流。
本来正是情意浓，
也许落花惹人休。

☕ **诗情闲谈：**

我：夏天终于结束了，不用瘫着了。

他：秋老虎啊。

我：那又怎样？风都有点儿凉意了。

他：还是要穿短袖的，长袖太热。

我：不，穿个短袖，外面加个外套，热了脱，冷了穿。

他：这样也可以？

我：那是，该出去玩了。

他：一天就知道玩，不工作，干活去。

我：收获的季节，去看看农民伯伯收庄稼。

他：你怎么不收？

我：我家又没地，种不了，收什么？

他：你一天无聊的。

我：说得好像你不无聊一样。

他：我也无聊。

我：那你无聊都干什么？

他：追剧、玩游戏、看电影。

我：……更无聊。

他：我还工作啊，你怎么不工作？

我：单位好不容易给放假，不好好玩还等什么？

他：脱缰的野马也就这样。

我：你个"死肥宅"，走了，逛一逛去。

他：不去。

我：秋高气爽你就窝家里？

他：是。

我：再见。

南 夜

冷雨落花随水流，
南飞孤雁别清秋。
当空明月有尽处，
灯火万家早已休。

☕ **诗情闲谈：**

我：天朗气清，风轻云淡，秋高气爽。

他：充满诗情画意的季节。

我：是啊。

他：那你也来写几首秋的诗。

我："压力山大"，古今文人可是写尽了秋季。

他：新中国，新气象，新文章，你总不能照抄
古人的吧？

我：也是。一个作者一个秋季。我写我的。

他：对喽，写自己的，别受别人影响。不过不受别人影响不等于只活在自己的世界里。

我：那肯定，我也有我的经历。

他：不过这会儿你是没睡还是刚醒？

我：刚醒，该干活了。

他：又是一个被现实打败的诗人。

我：诗人也是人，也需要吃五谷杂粮啊。

他：那你也没必要醒这么早，太阳才出地平线。

我：没办法，今天自然醒也就这个点。

他：不补个回笼觉？

我：我也想，但我醒了就睡不着了。

他：那就没办法了。起床看看凌晨的城市吧。

我：看见了。雁子走了，大家家里的灯也灭了。不，灯应该是没开，毕竟天亮了。

他：这雨水也变冷了，出门带伞。

我："撑着油纸伞，独自彷徨在悠长、悠长又寂寥的雨巷。"

他：噗……没有丁香一样的姑娘？

我：没有就没有，你别喷水。

他：我被你"雷"到了。突然来这一句，酸得很。

我：行了，我先去洗把脸。

夏日行

日照摩天楼，车随热浪走。
还有花应日，不见游人愁。
折转树荫里，行至路尽头。
草香平地起，河水向东流。

诗情闲谈：

他：这么热的天，你不在家待着，还到处跑？

我：在家待着干吗？

他：玩游戏，追剧，看电影，不香吗？

我：那些你不觉得虚吗？

他：还好，就和看书差不多，毕竟也是作者费了心血的。

我：也是，但，这就让你"死肥宅"了？

他：是啊。外面那么热，在家吹空调多舒服。

我：骑着小摩托进山避暑，山里凉风吹着，炖的走地鸡，农家菜来两口，不是更舒服？

他：我都不想说你。

我：你想说什么？

他：你看看人家，进山都是一对儿一对儿的，都带着对象去的，还有带着老伴儿的，你呢？

我：扎心了啊。

他：这就扎心了？快找个对象去。

我：那不得赶紧出去找，窝在家里就能有吗？

他：说得好像你出去就能找到一样。

我：出去不一定能找到，但不出去肯定找不到。

他：这就是你爱出去玩的理由？

我：没错。

他：没毛病，这个理由很硬。

我：那走吧。

他：去哪里？

我：谁知道？走哪儿算哪儿？

他：你都不知道去哪儿，那干吗呢？

我：随缘，说走就走。

他：那走吧。

玩手机自娱

古来明月在天空，
少有闲人窥月宫。
低头遥知人间事，
手中自有万里通。

☕ 诗情闲谈：

他：走路不看路，玩什么手机？

我：无聊啊。

他：无聊看看路边风景啊。

我：也对哦。今天的月亮挺圆的。

他：比你手机好看吧。

我：不一样。

他：那肯定不一样，天上的月亮不是人能造出来的。

我：我的意思是，看月亮会动脑子思考人生，看手机啥也不用思考。

他：那越看手机脑子不是越废。

我：是啊，但是这样瘫着舒服啊。

他：哎，就这样废了。

我：废了？不至于，手机和书本可不一样。

他：那肯定不一样，都不用动脑子的。

我：虽然不用动脑子思考，但能接触很多新闻啊。

他：是吗？

我：当然了，手机一打开不是这儿发生了什么事，就是那儿发生了什么事。

他：好像是的。但多接触一下身边的风景也好啊。

我：只能说各有各的好处。只顾着看身边的风景，其他事不管，会使眼界欠缺。

他：对。凡事得有个度。

我：是这样。

时雨急

行人只看手机光，
不见路沿雨落狂。
仰头望天风变色，
才知疾走避雨忙。

☕ **诗情闲谈：**

我：这雨说来就来啊。

他：你在哪儿呢？

我：岭南。

他：那是哪儿？

我：自己搜索去。

他：等等，我先看看。

我：……

他：哦，广东广西一带。

我：是啊，那里的文人墨客也不少。

他：你也去熏陶一下？

我：当然啦。

他：那你有什么感受？

我：就一个字，热。

他：能有多热？你家那边夏天都有 40 多度。

我：你也说了是夏天才热。这边根本只有夏天，12 月份穿短袖，我以前可是想都没想过。

他：有那么夸张吗？

我：你自己去体验一下。

他：我不去，你想坑我。

我：你都没去咋知道我坑你？

他：去了就晚了。

我：行了，这雨说来就来，说走就走，该回去换衣服了。

他：换什么衣服？

我：被雨淋了不得换身干的？

他：活该，走路不看路，谁让你光低着头玩手机的。

我：又不是我一个，好多人都陪着淋。

他：那你就可以淋雨？

我：那有啥办法？以后出门把伞带上。

他：这个可以。咱那边根本不用随时带伞。

我：入乡随俗吧。

60

夏日清风

千里烈日热浪急，
人归荫处气无力。
忽得一阵烟尘起，
唤风化雨凉大地。

诗情闲谈：

我：这天可真热。

他：你小心得热射病。

我：那有啥办法，气候在变化，你不改变，就
会被大自然淘汰掉。

他：所以呢？你要变异？

我：胡说什么？这叫适应环境。

他：那你往阴凉处跑什么？

我：你是不是有什么毛病？日光浴也不是这么

晒的。

他：那你不是喜欢晒太阳吗？

我：喜欢太阳就要被晒成热射病？

他：我可没这样说。

我：那你说的是啥意思？

他：我说的是……我也不知道。

我：看来你先被热傻了。

他：是挺热的，我先回去吹会儿空调。

我：那你先回。

他：你真不怕热？

我：怕什么，起风了。

他：是起风了，云也来了。不对，要下雨，我先走了。

我：……等等，我也走。

他：走。

人间三千花

世间千红乱心弦，
落香已故不再鲜。
虽是繁花三千朵，
只取一瓣心更安。

诗情闲谈：

他：你好有佛性。

我：何以见得？

他：前有佛祖拈花一笑，后边来个你，万花丛中过，只取一瓣花。

我：哈哈哈……那你可知其中禅意？

他：我怎么知道，我又不坐禅成佛。

我：坐禅成佛？你还磨瓦成镜呢。

他：瓦片怎么磨成镜子？

我：那坐禅怎么成佛？

他：等一下咱们这对话好像在哪儿听过？

我：达摩祖师。

他：对，你学得挺像啊。

我：这话挺有意思，就记住喽。

他：你说你没事去花堆里干吗？还定心，一瓣都不取不是心更安？

我：你厉害，我还做不到色即是空。心安在一处才不会乱。

他：你悟了。你的心在何处？

我：在归处。

他：归处是何处？

我：心所向往之处。

他：哈哈哈……再说下去就要成佛了。

我：那不会，离成佛还有十万八千里。

他：也是。

夜 习

霓虹灯光落布帘，
夜风轻抚书桌前。
提笔不知千秋事，
隔窗望月月光寒。

诗情闲谈：

他：你总算干一件正经事了，不对，你学习的时候走神？

我：这不正常吗？

他：正常，走了能回来才行，别一走就十万八千里。

我：那可能回不来了，我都神游天外月亮之上了，应该有三十八万公里。

他：你还跑了个远。

　　我：还好还好，下次再远点儿。

　　他：你是咋跑到月亮上的？

　　我：我正在看书，外面的霓虹灯就亮了，然后我抬头看了一眼，正好就看到月亮，就跟着月亮走了。

　　他：月亮还能把你勾走？

　　我：只是思考了一下别的事情。

　　他：你还会思考？都思考什么呢？

　　我：嫦娥奔月是怎么传出来的？是古人看到了什么？还是真的只是凭空想象？

　　他：这是你该考虑的事？好好学习去。

　　我：我就问你，什么叫学习？

　　他：看书学知识。

　　我：就这样？

　　他：就这样。

　　我：你还是别误人子弟了。看书是学习，学习可不仅仅是看书。

　　他：那还有什么？

　　我：你都活了这么久，还是自己悟吧。

　　他：我笨，悟不到。

　　我：知道自己笨，就别耽误别人成长了。

咏 荷

零星雨露共沾衣，
忽有水滴扑面急。
纵使青天风云变，
荷花依旧不染泥。

诗情闲谈：

我：今年的荷花和去年的一样吗？

他：开过的荷花每年都不一样。

我：没开过的荷花，就是一粒种子，存活千年也是无人问津。

他：绽放的荷花，虽然连一年都没有，但能惊艳人间。

我：是啊，迎着春雨开的荷花，风雨不染泥。

他：你在哪里看的荷花？

我：公园里。

他：也是，荷花已经是公园常见植物了。

我：没错，毕竟那么多诗人为其赋诗。

他：荷花，莲花，芙蓉，挺唯美的。

我：嗯，它是有很多名字。

他："清水出芙蓉，天然去雕饰。""太液芙蓉未央柳。"人家写的都那么唯美，你写的好像没有接上他们的意境。

我：我写的什么？

他：荷花依旧不染泥。

我：我又没有从唯美的角度去写。

他：对哦，本来就不应该只有一种写法。

我：你悟了。

他：我怎么了？

我：你终于知道自我审查了。

过雪巷

风吹梅花香，
雪落在空巷。
飞鸟已飞去，
杨柳枝也黄。

诗情闲谈：

他：现在都是高楼大厦的，哪还有小巷道。

我：你真是城里娃，没去过县城村镇吗？

他：你去那儿干吗？

我：……我在县城出生，一些亲戚在那儿。

他：好吧，感觉你才是城里娃。

我：何以见得啊？

他：比我潇洒。

我：这是个人的生活态度，和别的无关。

他：是这样吗？没钱怎么潇洒？

我：你是不是对潇洒有什么误解？

他：没啊。

我：拿得起，放得下，才是潇洒。和钱有什么关系？

他：没钱，怎么放得下？有了"碎银几两"才能不慌张。

我：有了"几两碎银"，又该干什么呢？

他：过好日子。

我：柴米油盐酱醋茶？

他：对。谁能不需要这些？

我：当然这些都需要……

他：那不就得了，再潇洒也要吃饭。

我：你和谁学的毛病，打断别人说话很不礼貌。

他：那你接着说。

我：没啥说的。

他：看，让你说你又不说了。

我：你以为你谁啊？你让我说我就说，不让我说我就不说？你该干吗干吗去。

他：那我走了。

新年有感

一轮夏日暖白雾，
三阵秋雨凉清露。
年年至此水成冰，
已非往年人事物。

☕ 诗情闲谈：

他：这是什么时候写的诗？

我：元旦。

他：哪年的元旦？

我：记不清了。

他：你记性这么差的，自己写的诗都忘了啥时候写的。

我：我写的又不是一首两首，哪能每首都记住时间。

71

他：哦。你就这么随性。

我：人生在世难得糊涂，再说什么时候写的很重要吗？

他：也是，重要的是谁写的，写的怎么样。

我：对啊。

他：那你怎么不好好写元旦，写的这是什么？

我：离开的时候，好多建筑准备拆掉重盖，回来的时候大变样喽。

他：你离开了多久？

我：一年。

他：都有哪些变化？

我：说不上来，就是和去年不一样。

他：是变好了还是变坏了？

我：不能用好坏来论。新的盖起来了，旧的也随之成了记忆里的东西。多少会有些思念。

他：也是。

征 途

万里江河前方路，千重山关是征途。
双脚走遍风满地，又见江边老树枯。
秋风已随落日远，春朝再起无边木。
滚滚风云卷青天，漫漫人间新生初。

☕ 诗情闲谈：

我：很多历史大事发生离我不过百年。可惜没
有参与。

他：你都说了是历史，过去的事肯定没法参与，
做好眼前的事，现今世界的事可是能参与的。

我：你说的也是，现在是和平年代，我还是好
好享受和平吧。

他：哈哈哈，你打算怎么享受和平。

我：做和平年代做的事呗。

他：你这一代最幸福了，赶上了盛世。

我：我倒觉得离盛世还有距离，而且我也不是最幸福的一代。

他：怎么说？

我：因为咱们还有任务没有完成。

他：那为什么不是最幸福的一代？

我：这还用问，革命尚未成功，同志仍须努力。最幸福的永远都是下一代。

他：也对。一代人有一代人要面对的问题，解决好这一代的问题，为后人把路铺平。

我：就是这样，上一代，把路给咱们铺好了，咱走着他们铺好的路也要给下一代把路铺一铺。

他：话是没错，只是科技是个大难题，不知道咱们这辈人解不解决得了。

我：精诚所至，金石为开，解不解决得掉不知道，能做的只是用心去做。

他：那你怎么没去搞科研？

我：也不是所有人都要去搞科研，新人间，新气象，我有我的事做。

他：对，做好自己能做的事。

我：没错，别的事也是要有人做的。

他：没错。

男儿志

千里烟波尽眼收，
江水常走远方舟。
无须人说英豪志，
自有男儿在前头。

☕ 诗情闲谈：

他：滚滚长江水，淘尽多少英雄。

我：那是有多少英雄？

他：记不得了，我觉得至少应该有五千年的。

我：可有多少人能静下心来，好好回顾一下这
五千年？

他：有什么好回顾的？社会在发展，时代在
进步。

我：成功的经验要不要借鉴一下？失败的教训

要不要吸取一下？

　　他：我要这些干吗？

　　我：那你怎么发展？怎么进步？凭空想象，凭空捏造？

　　他：有什么不可以吗？无中生有才是创造。

　　我：你的想法我清楚，只是你创造的灵感能无中生有吗？

　　他：怎么不可以？

　　我：你已经脱离了现实。苹果没砸到牛顿头上，他能凭空想象出万有引力吗？你没接触过的东西，你连是什么都不知道，怎么创造？

　　他：那这和回顾五千年有什么关系？

　　我：我国五千年的历史，各行各业出了多少人才？

　　他：太夸张了吧。

　　我：首先，军事政治人才最多，算是常识的名将名相我想你知道的也不少，就不说了。医药人才神农氏、华佗、张仲景、李时珍等。书圣王羲之、画圣吴道子等。还有很多科技人才，研究出来了火药、指南针等。这些不值得学习一下，借鉴一下吗？

　　他：也是，只活在自己的世界里，闭门造车将一事无成。

　　我：对啊。

夜游咸阳湖边

月行高楼间，
人在廊桥边。
夜幕船起浪，
咸阳湖水宽。

☕ **诗情闲谈：**

他：大晚上的跑湖边干吗去？

我：跑步。

他：还以为你游泳去。

我：我又不会游泳。

他：旱鸭子？

我：不，学不会游泳。

他：怎么可能学不会？

我：因为不想学。

他：多个技能也好啊。

我：这个技能太难了。

他：还好吧，快的话一天就能学会。

我：怎么学？

他：首先要克服心理恐惧，先敢下水。

我：心理恐惧倒好克服，但这里我肯定是不敢下水。

他：为什么？

我：为什么？来，你来咸阳湖下水游泳试试，这也没盖盖儿，拦不住你。

他：这……你不会去游泳池？

我：我就在湖边跑个步，你扯哪儿去了？

他：游泳也是运动啊。

我：谁和你说游泳是不是运动了？

他：那你说的是？

我：好像一直在说湖边跑步吧。

他：……

夜归城

夕阳归去浪淘沙，
大河两岸有人家。
水泥长路千车过，
一片灯火尽繁华。

☕ **诗情闲谈：**

他：不用说，你肯定又跑荒郊野地玩去了。

我：你怎么知道？

他：夜归城，大晚上才回城里，还能去哪儿？

我：对对对，你说得对。

他：你还不服？

我：哪有？你这乱猜的毛病要改改了。

他：我猜错了？那你去哪儿了？

我：荒郊野地。

他：你……

我：不过，村镇乡下和荒郊野地还是有区别的吧。

他：嗯，对哦。

我：我只是沿着河堤路转而已。

他：哪条河？黄河吗？

我：不是，离黄河还有点儿距离，是渭河。

他：渭河也不小，你是把渭河绕了一圈吗？

我：没有，只是渭河河段的一小段。

他：还以为你绕渭河跑圈去了。

我：你疯了？

他：没啊，咱不是闲聊吗？

我：睡吧，玩累了。

他：晚安。

西 向

千里大漠狂风刮，
白杨野地迎黄沙。
任他夕阳向西去，
独立平川望天涯。

☕ **诗情闲谈：**

他：你跑沙漠干吗去了？

我：赏景。

他：我看你是找死。

我：何以见得？

他：沙漠多危险，你去了不怕陷进流沙里，或
者被风吹走？

我：我是去看正在被治理的沙漠。

他：哦，那应该能安全点儿。

　　我：肯定安全，小时候经常能看见沙尘暴，这几年还见过吗？

　　他：对哦，好像好久没见过沙尘暴了。

　　我：要不是沙漠被治理了，又是经常昏天暗地。

　　他：这事有意义。沙漠是怎么被治理的？

　　我：听说有一种黏合剂，能改变沙子的黏合度。还有一种"沙漠魔方"，用稻草把沙漠分割成块。

　　他：靠谱吗？改变沙漠不是要给沙漠里灌水吗？

　　我：那沙漠也要能存住水。

　　他：多灌点儿，总有能存住的时候。

　　我：你疯了，幸亏没让你去治理沙漠，你把太平洋灌进去试试？

　　他：有什么不对吗？沙漠不是干旱缺水，多灌点儿水就好了。

　　我：治理沙漠是改变沙漠的土壤结构，不是灌水就行的。

　　他：不灌水怎么改变？

　　我：种植物啊。

　　他：不懂。

　　我：算了。

卜算子·蒲公英

暖阳下风飞，漫天花英路。
坠落黄泥化作春，却又随风去。

无意苦飘零，一落魂先故。
本欲人间得自由，怎奈身成骨。

☕ 诗情闲谈：

我：又是一年蒲公英满天飞的时候。

他：好美。

我：是啊。

他：秋高气爽的季节。

我：蒲公英到底自不自由呢？

他：看它们风中飞舞，多自由啊。

我：它们想被风吹来吹去吗？

他：你又不是蒲公英，你怎么知道它不想。

我：你又不是我，你怎么知道我不知道。

他：停，这是个无解的题。

我：那说说有解的题，你愿意被风吹来吹去飞上天吗？

他：愿意啊。

我：想好再回答。

他：当然。

我：能把你吹飞的风差不多得是龙卷风，当你被这么大的风吹的时候你确定你不跑？被吹飞了，风停的时候，风可不管你在什么位置、什么高度。

他：我以为你是个诗人，没想到你竟是个"钢铁直男"。

我：所以，蒲公英看似自由，其实也只能被风摆弄。

他：说得有道理。不过你说的是蒲公英吗？

我：不然呢？

他：可能就是吧……

卜算子·秋花

寒叶落秋天，天远雁高行。
落花本该化作尘，又起故园情。

扑面有余香，游人不作停。
也想远方多自由，风中任凋零。

☕ 诗情闲谈：

我："自古逢秋悲寂寥。"
他：你确实写了很多关于秋的诗。
我：以前是也想写别的季节。
他：现在呢？
我：现在算了吧，灵感越来越少。
他：为什么？
我：不为什么，特殊时期只能待在家里。

他：这就尴尬了。

我：写这首词的时候，整个世界海阔天空，想去哪儿，就去哪儿。

他：懂了，别说了。

我：唉，没办法。

他：现在和以前没法比啊。

我：是的。

他：不过，很多好玩的地方都能去啊。

我：特殊时期还是算了。

他：也是，没事还是别乱跑了。

我：那肯定，我还是别赌这个运气了。玩的是健康，输不起。

他：也是，没必要因为点儿闲事染病。

我：对啊。有手机，手机也能看世界。

他：只能这样了。

捣练子·南京忆

烽烟起，泪未停，不是天空雨做云。
勇士才把钢枪举，是战是回未定论。

南京城，山河碎，此处多少枉死魂。
长江流水没有尽，又是一片浪花滚。

诗情闲谈：

他：你去过南京？

我：没有。

他：那你怎么写出南京城的记忆的？

我：我虽然没去过，但我上过历史课啊。

他：也是，都是历史书上的内容。

我：怎么？你没学过历史？

他：学过，只是……

我：只是什么？

他：都是书上写的，谁知道作者有没有修改。

我：你以为写小说呢，可以瞎编乱造。就算有修改也不会脱离基本事实。

他：你怎么知道不会？

我：你没写过日记吗？你会乱编日记？

他：也是，记录事实不能乱改。

我：你终于明白了。

他：那是，我的日记还是会好好写的。

我：你竟然真有这个习惯？

他：你以为呢？你没有吗？

我：我没有，脑子记不住的都不重要。

他：你这逻辑很奇怪。

我：就当你在夸我。

南乡子·平遥古城

前方黄河流，尽是青山在神州。自古多少山河事，长留。月光还在云上头。

行车入古城，望断星辰人未休。万里灯火向天照，高楼。此处还是旧时候。

☕ 诗情闲谈：

我：东渡黄河，可惜不是清明时节，也没有杏花村。

他：你个小孩还喝酒。

我：那会儿确实还小。不过谁说我喝酒了？

他：你不喝酒吗？

我：偶尔喝一点儿。

他：还是嘛。

我：没办法，脚崴了，喝点儿白酒配藏红花，活血化瘀。

他：那也是喝了。

我：是啊。那又如何？

他：不如何，你去杏花村不喝点儿活血化瘀？

我：你是不是喝大了。我去的是平遥古城，不是杏花村。

他：这不是"尬聊"吗？

我："尬聊"的技术真的挺"尬"的。

他：你对平遥古城有什么感觉？

我：文化遗产。

他：只有这样？

我：不止，千年之城，经历了多少时代变迁，多少岁月的洗礼。

他：为什么不拆迁？重新盖现代化的城市。

我：因为这里有历史的痕迹。

他：旧的不去，新的不来。

我：你不喜欢历史有人喜欢，不能因为你否定所有人。

沁园春·深秋

千里清风，孤雁声寒，飞叶枯黄。

看霞光夕阳，长河尽头；山野平原，秋起远乡。

大地折草，孤树凋零，又来狂风卷山岗。

过霓虹，夜空星辰去，不留月亮。

深秋已到身旁，再无鲜花长出围墙。

飘花落成泥，寒意正爽；风已见凉，露珠化霜。

天地苍茫，云水悠扬，正是人间好时光。

万物去，只换来年生，还有雪香。

☕ **诗情闲谈：**

他：这首《深秋》好像写得还可以。

我：能得到你的夸奖，不容易啊。

他：写得好还是要夸的。

我：那是，哪里写得好？

他：夸你你还给我出难题？

我：这题很难吗？你只是客套一下，不是真心？

他：这话说的。

我：算了，你就没写几首？

他：没这爱好。

我：那你一天正事不干，就爱评论。

他：怎么？不能评论你？

我：那倒不是，评论要尊重客观事实。

他：我哪儿没有尊重客观事实？

我：那你倒是说说我这首《沁园春·深秋》哪里好，哪里不好？

他：你的文笔可以，就是不够押韵。

我：哦，是要注意一下。

他：这都是小问题，不犯大错就瑕不掩瑜。

我：也对，多谢指教。

他：既然是深秋，怎么还有雪香？

我：深秋，离冬季不远了。

沁园春·孔明

草堂春睡，隆中仙梦，难耐寂寥。

玄德顾茅庐，孔明出山；与天比高，一展略韬。

卧龙腾飞，变幻风云，只盼来日登蜀道。

取荆襄，望蜀中河川，入主益州。结伴结盟结交，运筹帷幄羽扇轻摇。

先帝伐江东，白帝托孤；荣辱兴亡，皆一肩挑。

南征孟获，北伐曹魏，满腹经纶终见晓。

表忠心，又续出师表，热血燃烧。

诗情闲谈：

他：你看过《三国》吗？

我：看过。

他：《三国演义》还是《三国志》？

我：《三国演义》。

他：你这是拿小说当史实了。

我：不，小说不假，我也没当史实。

他：那你写这首诗？啊不，是词。

我：怎么？看《三国演义》的感想而已。

他：不怎么，请尊重史实。

我：那你应该让国家封杀《三国演义》。

他：你又胡说，《三国演义》是名著经典，怎么能封杀呢？

我：你不是要尊重史实吗？

他：那也不用封杀《三国演义》啊。

我：那你什么意思？

他：找只是想说，别篡改历史，好好创作。

我：文学作品而已，又不是志、记。要了解史实就去看《史记》《三国志》等作品。

他：那文学作品也不该脱离史实啊。

我：要你这么说，历史上有孙悟空吗？

他：这……

我：文学作品以表达人的主观意识、思想为主，通过不同的手法表达出来，并不是对历史的记录。

他：可……

我：我知道你的意思，只要文学作品不是造谣，又有什么关系？

他：也许你说得对。

如梦令·昨夜春雷惊梦

昨夜春雷惊梦，窗外电影如虹。
欲行千里外，身在骤起风中。
雨落，雨落，落下一片迷蒙。

诗情闲谈：

他：离家在外，觉都睡不好啊。

我：是啊。路上有冰雨，睡觉有惊雷。

他：一切随心而已。

我：何解？

他：与雷和雨无关，是你心不安。

我：没错，新地方新事物，一切未知，难免忐忑。

他：未知的新事物，看你如何对待，有人感觉新奇，有人感觉迷茫惶恐，看你自己如何看待。

我：受教了。

他：去了新地方、新环境，你好好熟悉一下。

我：没错，随遇而安，心安则身安。

他：你要悟了。

我：哈哈哈……不悟了，听听雷声赏赏雨。

他：可以，你安了，学会了放下。

我：对啊。放下心才安。

他：可惜，有很多人学不会，执念越深越痛苦。

我：没办法，这需要他们自己悟到，帮不了他们。

他：说说你吧，没事乱跑什么？

我：世界那么大，我想去看看。

他：哈哈哈……也是，这世界，这辈子都不一定能看一遍。

我：所以，多看看。

天净沙·三国

金戈箭雨铁马，
战火黑云厮杀，
诸侯取尽天涯。
隆中谈话。
三足鼎立天下。

诗情闲谈：

他：这首《三国》让你写的。

我：怎么？

他：这也太简单了吧。

我：不简单了。

他：长达百年的乱世，你就两三句写完了？

我：非要长篇大论？再写一篇《三国演义》？

他：那倒不是。

我：那你是什么意思？

他：可这也太言简意赅了吧。

我：语言不就是这样吗？言简意赅，通俗易懂，意思到。

他：我觉得不是。

我：那你表达一下你的意思。

他：我也说不清。

我：那你是怎么回事？自己怎么想的都不知道？

他：不知道，什么都没想。

我：哦，你是什么都不想，就只觉得不好。

他：对啊，不可以吗？

我：不可以。

他：为什么？

我：没为什么。

他：……

天净沙·旧地

青草绿叶新芽，
烈日火云红霞，
古城落叶残沙。
风雨齐下。
大雪洒遍天涯。

诗情闲谈：

他：这个"旧地"四季变化分明。

我：不应该吗？

他：南方的"旧地"可是四季如春。

我：还没去过南方，有机会去体验一下。

他：大好河山，是该好好体验一下。

我：去哪个城市呢？

他：广州、深圳、香港、三亚都可以。

我：都是听说过的地方，也只是在电视上见过。

他：长大了可以到处走走，开阔眼界。

我：以后会怎么样，还不知道呢。现在只能待在这里。

他：这首词你是什么时候写的啊？

我：严谨一点儿，"天净沙"不是词牌名，是曲牌名。

他：懂了。

我：时在公元 2008 戊子鼠年。

他：那年发生了好多大事。

我：是的，好事坏事都有。

他：发生了一次很严重的地震，但也迎来了第一次奥运会。

我：你还记着？

他：那怎么忘得掉？

我：是啊。忘不掉。

乌夜啼·独身登上高峰

独身登上高峰，近天空。
几处白云零乱在风中。

才吹散，又重现，有青鸿。
更有千般飞鸟入樊笼。

诗情闲谈：

我：山高人为峰。

他：有种"一览众山小"的感觉。

我：是啊，这里的风景和平时不同。

他：那肯定是，没有发动机的轰鸣，也没有霓虹灯的闪耀。

我：这里有满天飞鸟，树林花香。

他：人与自然的结合。

我：聊点儿别的。

他：为什么？

我：你没发现再聊下去就会很"尬"。

他：……是哦。那聊点儿啥？

我：聊聊"独身登上高峰，近天空"。

他：好啊，为什么独身登上高峰？

我：因为没人陪。

他：为什么没人陪？

我：朋友们都在陪老婆孩子。

他：那你老婆呢？

我：还是换个话题吧。

他：为什么换？

我：太尴尬。

他：该找了。

我：再见。